Francisco de Quevedo y Villegas

Sueño del juicio final

Barcelona 2024
Linkgua-ediciones.com

Créditos

Título original: Sueño del juicio final.

© 2024, Red ediciones S.L.

e-mail: info@Linkgua-ediciones.com

Diseño de cubierta: Michel Mallard.

ISBN rústica ilustrada: 978-84-9816-882-2.
ISBN ebook: 978-84-9897-762-2.

Sumario

Brevísima presentación

La vida

Francisco de Quevedo y Villegas (Madrid, 1580-Villanueva de los Infantes, Ciudad Real, 1645). España.

Hijo de Pedro Gómez de Quevedo, noble y secretario de una hija de Carlos V y de la reina Ana de Austria. Francisco de Quevedo estudió con los jesuitas en Madrid, y luego en las universidades de Alcalá (lenguas clásicas y modernas) y Valladolid (teología). Tras su regreso a Madrid tuvo la protección del duque de Osuna, con quien viajó a Sicilia en 1613. Osuna fue nombrado virrey de Nápoles y Quevedo ocupó su secretaría de hacienda y participó en misiones políticas contra Venecia promovidas por su protector. Cuando éste cayó en desgracia Quevedo sufrió destierro y prisión, pero regresó a la corte tras la muerte de Felipe III. Durante años tuvo buenas relaciones con Felipe IV, aunque no consiguió ganarse la simpatía de su favorito, el conde-duque de Olivares. Se especula que dejó bajo la servilleta del monarca el memorial contra Olivares titulado «Católica, sacra, real Majestad», lo que motivó su detención en 1639. Se cree, en cambio, que terminó en un calabozo del convento de San Marcos de León, donde permaneció hasta 1643, víctima de una conspiración.

Murió en Villanueva de los Infantes.

«Soñando»

Los sueños son obras satíricas, escritas entre 1606 y 1621; son narraciones de inspiración Lucianesca en que se ironiza sobre diversas costumbres, oficios y personajes de la época. En los Sueños, Quevedo hace una sátira de las distintas profesiones y estatus sociales. Aparecen juristas, médicos, carniceros, hidalgos, poetas, astrólogos, y la obra incluso se refiere a los malos practicantes de las distintas religiones, con alusiones a Mahoma, Lutero y Judas.

Sueño del juicio final

Al conde de Lemos, presidente de Indias

A manos de vuestra Excelencia van estas desnudas verdades que buscan no quien las vista, sino quien las consienta, que a tal tiempo hemos venido que, con ser tan sumo bien, hemos de rogar con él. Prométese siguridad en ellas solas. Viva vuestra Excelencia para honra de nuestra edad.
Don Francisco Quevedo Villegas.

Discurso

Los sueños dice Homero que son de Júpiter y que él los envía, y en otro lugar que se han de creer. Es así cuando tocan en cosas importantes y piadosas o las sueñan reyes y grandes señores, como se colige del doctísimo y admirable Propertio en estos versos:

Nec tu sperne piis venientia somnia portis:
cum pia venerunt somnia, pondus habent

Dígolo a propósito que tengo por caído del cielo uno que yo tuve en estas noches pasadas, habiendo cerrado los ojos con el libro del Beato Hipólito de la fin del mundo y segunda venida de Cristo, lo cual fue causa de soñar que veía el Juicio Final. Y aunque en casa de un poeta es cosa dificultosa creer que haya juicio aunque por sueños, le hubo en mí por la razón que da Claudiano en la prefación al libro 2 del Rapto, diciendo que todos los animales sueñan de noche como sombras de lo que trataron de día; y Petronio Arbitro dice:

Et canis in somnis leporis vestigia latrat

y hablando de los jueces:

Et pauidi cernunt inclusum chorte tribunal

Parecióme, pues, que veía un mancebo que discurriendo por el aire daba voz de su aliento a una trompeta, afeando con su fuerza en parte su hermosura. Halló el son obediencia en los mármoles y oído en los muertos, y así al punto comenzó a moverse toda la tierra y a dar licencia a los güesos, que andaban ya unos en busca de otros; y pasando tiempo, aunque fue breve, vi a los que habían sido soldados y capitanes levantarse de los sepulcros con ira, juzgándola por seña de guerra; a los avarientos con ansias y congojas, celando algún rebato; y los dados a vanidad y gula, con ser áspero el son, lo tuvieron por cosa de sarao o caza. Esto conocía yo en los semblantes de cada uno y no vi que llegase el ruido de la trompa a oreja que se persuadiese que era cosa de juicio. Después noté de la manera que algunas almas venían con asco, y otras con miedo huían de sus antiguos cuerpos. A cuál faltaba un brazo, a cuál un ojo, y diome risa ver la diversidad de figuras y admiróme la providencia de Dios en que estando barajados unos con otros, nadie por yerro de cuenta se ponía las piernas ni los miembros de los vecinos. Solo en un cementerio me pareció que andaban destrocando cabezas y que vía un escribano que no le venía bien el alma y quiso decir que no era suya por descartarse della.

Después ya que a noticia de todos llegó que era el día del Juicio, fue de ver cómo los lujuriosos no querían que los hallasen sus ojos por no llevar al tribunal testigos contra sí, los maldicientes las lenguas, los ladrones y matadores gastaban los pies en huir de sus mismas manos. Y volviéndome a un lado vi a un avariento que estaba preguntando a uno, que por haber sido embalsamado y estar lejos sus tripas no habían llegado, si habían de resuscitar aquel día todos los enterrados, si resuscitarían unos bolsones suyos. Riérame si no me lastimara a otra parte el afán con que una gran chusma de escribanos andaban huyendo de sus orejas, deseando no las llevar por no oír lo que esperaban, mas solos fueron sin ellas los que acá las habían perdido por ladrones, que por descuido no fueron todos. Pero lo que más me espantó fue ver los cuerpos de dos o tres mercaderes que se habían calzado las almas al revés y tenían todos los cinco sentidos en las uñas de la mano derecha.

Yo veía todo esto de una cuesta muy alta, al punto que oigo dar voces a mis pies que me apartase, y no bien lo hice cuando comenzaron a sacar las cabezas muchas mujeres hermosas, llamándome descortés y grosero porque no había tenido más respeto a las damas, que aun en el infierno están las tales sin perder esta locura. Salieron fuera muy alegres de verse gallardas y desnudas y que tanta gente las viese, aunque luego, conociendo que era el día de la ira y que la hermosura las estaba acusando de secreto, comenzaron a caminar al valle con pasos más entretenidos. Una que había sido casada siete veces, iba trazando disculpas para todos los maridos. Otra dellas, que había sido pública ramera, por no llegar al valle no hacía sino decir que se le habían olvidado las muelas y una ceja, y volvía y deteníase, pero al fin llegó a vista del teatro, y fue tanta la gente de los que había ayudado a perder y que señalándola daban gritos contra ella, que se quiso esconder entre una caterva de corchetes, pareciéndole que aquella no era gente de cuenta aun en aquel día.

Divertióme desto un gran ruido, que por la orilla de un río adelante venía gente en cantidad tras un médico (que después supe lo que era en la sentencia). Eran hombres que había despachado sin razón antes de tiempo, por lo cual se habían condenado, y venían por hacerle que pareciese, y al fin, por fuerza le pusieron delante del trono. A mi lado izquierdo oí como ruido de alguno que nadaba, y vi a un juez que lo había sido, que estaba en medio del arroyo lavándose las manos, y esto hacía muchas veces. Lleguéme a preguntarle por qué se lavaba tanto y díjome que en vida, sobre ciertos negocios, se las habían untado, y que estaba porfiando allí por no parecer con ellas de aquella suerte delante la universal residencia. Era de ver una legión de demonios con azotes, palos y otros instrumentos, cómo traían a la audiencia una muchedumbre de taberneros, sastres, libreros y zapateros, que de miedo se hacían sordos, y aunque habían resucitado no querían salir de la sepultura. En el camino por donde pasaban, al ruido sacó un abogado la cabeza y preguntóles que a dónde iban, y respondiéronle, al justo juicio de Dios, que era llegado; a lo cual, metiéndose más ahondo, dijo:

—Esto me ahorraré de andar después, si he de ir más abajo.

Iba sudando un tabernero de congoja tanto que, cansado, se dejaba caer a cada paso, y a mí me pareció que le dijo un demonio:

—Harto es que sudéis el agua; no nos la vendáis por vino.

Uno de los sastres, pequeño de cuerpo, redondo de cara, malas barbas y peores hechos, no hacía sino decir:

—¿Qué pude hurtar yo, si andaba siempre muriéndome de hambre?

Y los otros le decían, viendo que negaba haber sido ladrón, qué cosa era despreciarse de su oficio. Toparon con unos salteadores y capeadores públicos que andaban huyendo unos de otros, y luego los diablos cerraron con ellos diciendo que los salteadores bien podían entrar en el número, porque eran a su modo sastres silvestres y monteses, como gatos del campo. Hubo pendencia entre ellos sobre afrentarse los unos de ir con los otros, y al fin juntos llegaron al valle. Tras ellos venía la Locura en una tropa con sus cuatro costados: poetas, músicos, enamorados y valientes, gente en todo ajena deste día. Pusiéronse a un lado, donde estaban los sayones, judíos y filósofos, y decían juntos, viendo a los sumos pontífices en sillas de gloria:

—Diferentemente se aprovechan los Papas de las narices que nosotros, pues con diez varas dellas no vimos lo que traíamos entre las manos.

Andaban contándose dos o tres procuradores las caras que tenían y espantábanse que les sobrasen tantas habiendo vivido descaradamente. Al fin vi hacer silencio a todos.

El trono era donde trabajaron la omnipotencia y el milagro. Dios estaba vestido de sí mismo, hermoso para los santos y enojado para los perdidos, el Sol y las estrellas colgando de la boca, el viento quedo y mudo, el agua recostada en sus orillas, suspensa la tierra temerosa en sus hijos; y cuál amenazaba al que le enseñó con su mal ejemplo peores costumbres. Todos en general pensativos: los justos en qué gracias darían a Dios, cómo rogarían por sí, y los malos en dar disculpas. Andaban los ángeles custodios mostrando en sus pasos y colores las cuentas que tenían que dar de sus encomendados, y los demonios repasando sus tachas y procesos; al fin todos los defensores estaban de la parte de adentro y los acusadores de la de afuera. Estaban los Diez Mandamientos por guarda a una puerta tan angosta, que los que estaban a puros ayunos flacos aún tenían algo que dejar en la estrechura. A un lado estaban juntas las Desgracias, Peste y Pesadumbres dando voces contra los médicos. Decía la Peste que ella había herídolos, pero que ellos los habían despachado; las Pesadumbres, que no habían muerto ninguno sin ayuda de los doctores; y las Desgracias, que todos los que habían enterrado habían ido por entrambos. Con eso los médicos quedaron con carga de dar cuenta de los difuntos, y así, aunque los necios decían que ellos habían muerto más, se pusieron los médicos con papel y tinta en un alto, con su arancel, y en nombrando la gente luego salía uno dellos y en alta voz decía:

—Ante mí pasó a tantos de tal mes, etc.

Comenzóse por Adán la cuenta, y para que se vea si iba estrecha, hasta de una manzana se la pidieron tan rigurosa que le oía decir a Judas:

—¿Qué tal la daré yo, que le vendí al mismo dueño un cordero?

Pasaron los primeros padres, vino el Testamento Nuevo, pusiéronse en sus sillas al lado de Dios los Apóstoles todos con el santo pescador. Luego llegó un diablo y dijo:

—Este es el que señaló con la mano al que san Juan con el dedo; y fue el que dio la bofetada a Cristo. Juzgó él mismo su causa y dieron con él en los entresuelos del mundo.

Era de ver cómo se entraban algunos pobres entre media docena de reyes que tropezaban con las coronas, viendo entrar las de los sacerdotes tan sin detenerse. Asomaron las cabezas Herodes y Pilatos, y cada uno conociendo en el juez, aunque glorioso, sus iras, decía Pilatos:

—Esto se merece quien quiso ser gobernador de judigüelos; y Herodes:

—Yo no puedo ir al cielo; pues al limbo no se querrán fiar más de mí los innocentes con las nuevas que tienen de los otros que despaché; ello es fuerza de ir al infierno, que al fin es posada conocida.

Llegó en esto un hombre desaforado de ceño y alargando la mano dijo:

—Esta es la carta de examen.

Admiráronse todos y dijeron los porteros que quién era, y él en altas voces respondió:

—Maestro de esgrima examinado, y de los más diestros del mundo —y sacando otros papeles de un lado, dijo que aquellos eran los testimonios de sus hazañas. Cayéronsele en el suelo por descuido los testimonios y fueron a un tiempo a levantarlos dos diablos y un alguacil y él los levantó primero que los diablos. Llegó un ángel y alargó el brazo para asille y metelle dentro, y él, retirándose, alargó el suyo y dando un salto dijo:

—Esta de puño es irreparable, y si me queréis probar yo daré buena cuenta.

Riéronse todos, y un oficial algo moreno le preguntó qué nuevas tenía de su alma; pidiéronle no sé qué cosas y respondió que no sabía tretas contra los enemigos della. Mandáronle que se fuese por línea recta al infierno, a lo cual replicó diciendo que debían de tenerlo por diestro del libro matemático, que él no sabía qué era línea recta; hiciéronselo aprender y diciendo: «Entre otro», se arrojó.

Y llegaron unos dispenseros a cuentas (y no rezándolas) y en el ruido con que venía la trulla dijo un ministro:

—Despenseros son —y otros dijeron:

—No son —y otros:

—Sí son —y dioles tanta pesadumbre la palabra «sisón», que se turbaron mucho. Con todo, pidieron que se les buscase su abogado, y dijo un diablo:

—Ahí está Judas, que es apóstol descartado.

Cuando ellos oyeron esto, volviéndose a otro diablo que no se daba manos a señalar ojospara leer, dijeron:

—Nadie mire y vamos a partido y tomamos infinitos siglos de purgatorio.

El diablo, como buen jugador, dijo:

—¿Partido pedís? No tenéis buen juego.

Comenzó a descubrir y ellos, viendo que miraba, se echaron en baraja de su bella gracia.

Pero tales voces como venían tras de un malaventurado pastelero no se oyeron jamás, de hombres hechos cuartos, y pidiéndole que declarase en qué les había acomodado sus carnes, confesó que en los pasteles, y mandaron que les fuesen restituidos sus miembros de cualquier estómago en que se hallasen. Dijéronle si quería ser juzgado y respondió que sí, a Dios y a la ventura. La primera acusación decía no sé qué de gato por liebre, tantos de güesos (y no de la misma carne, sino advenedizos), tanta de oveja y cabra, caballo y perro. Y cuando él vio que se les probaba a sus pasteles haberse hallado en ellos más animales que en el arca de Noé, porque en ella no hubo ratones ni moscas y en ellos sí, volvió las espaldas y dejólos con la palabra en la boca.

Fueron juzgados filósofos, y fue de ver cómo ocupaban sus entendimientos en hacer silogismos contra su salvación. Mas lo de los poetas fue de notar, que de puro locos querían hacer creer a Dios que era Júpiter y que por él decían ellos todas las cosas, y Virgilio andaba con sus Sicelides musae diciendo que era el nacimiento de Cristo. Mas saltó un diablo y dijo no sé qué de Mecenas y Octavia, y que había mil veces adorado unos cuernecillos suyos, que los traía por ser día de más fiesta; contó no sé qué cosas. Y al fin, llegando Orfeo, como más antiguo, a hablar por todos, le mandaron que se volviese otra vez a hacer el experimento de entrar en el infierno para salir, y a los demás, por hacérseles camino, que le acompañasen.

Llegó tras ellos un avariento a la puerta y fue preguntado qué quería, diciéndole que los Diez mandamientos guardaban aquella puerta de quien no los había guardado, y él dijo que en cosas de guardar era imposible que hubiese peccado. Leyó el primero, «Amar a Dios sobre todas las cosas», y dijo que él solo aguardaba a tenerlas todas para amar a Dios sobre ellas. «No jurar su nombre en vano», dijo que aun jurándole falsamente siempre había sido por muy grande interés, y que así no había sido en vano. «Guardar las fiestas», éstas y aun los días de trabajo guardaba y escondía. «Honrar padre y madre»:

—Siempre les quité el sombrero.

«No matar»:

—Por guardar esto no comía, por ser matar la hambre comer.

«No fornicarás»:

—En cosas que cuestan dinero ya está dicho.

«No levantar falso testimonio.»

—Aquí —dijo un diablo— es el negocio, avariento; que si confiesas haberle levantado te condenas, y si no, delante del juez te le levantarás a ti mismo.

Enfadóse el avariento y dijo:

—Si no he de entrar no gastemos tiempo —que hasta aquello rehusó de gastar. Convencióse con su vida y fue llevado a donde merecía.

Entraron en esto muchos ladrones y salváronse dellos algunos ahorcados; y fue de manera el ánimo que tomaron los escribanos, que estaban delante de Mahoma, Lutero y Judas, viendo salvar ladrones, que entraron de golpe a ser sentenciados, de que les tomó a los diablos muy gran risa de ver eso.

Los ángeles de la guarda comenzaron a esforzarse y a llamar por abogados los Evangelistas. Dieron principio a la acusación los demonios, y no la hacían en los procesos que tenían hechos de sus culpas, sino con los que ellos habían hecho en esta vida. Dijeron lo primero:

—Estos, Señor, la mayor culpa suya es ser escribanos —y ellos respondieron a voces, pensando que disimularían algo, que no eran sino secretarios. Los ángeles abogados comenzaron a dar descargo. Uno decía:

—Es bautizado y miembro de la Iglesia —y no tuvieron muchos dellos que decir otra cosa. Al fin se salvaron dos o tres, y a los demás dijeron los demonios:

—Ya entienden.

Hiciéronles del ojo diciendo que importaban allí para jurar contra cierta gente, y viendo que por ser cristianos daban más pena que los gentiles, alegaron que el serlo no era por su culpa, que los bautizaron cuando niños, y así, que los padrinos la tenían.

Digo verdad que vi a Judas tan cerca de atreverse a entrar en juicio, y a Mahoma y a Lutero, animados de ver salvar a un escribano, que me espanté que no lo hiciesen. Solo se lo estorbó aquel médico que dije, que forzado de los que le habían traído, parecieron él y un boticario y un barbero, a los cuales dijo un diablo que tenía las copias:

—Ante este doctor han pasado los más difuntos, con ayuda deste boticario y barbero, y a ellos se les debe gran parte deste día. Alegó un ángel por el boticario que daba de balde a los pobres, pero dijo un diablo que hallaba por su cuenta que habían sido más dañosos dos botes de su tienda que diez mil de pica en la guerra, porque todas sus medicinas eran espurias, y que con esto había hecho liga con una peste y había destruido dos lugares. El médico se disculpaba con él, y al fin el boticario fue condenado, y el médico y el barbero, intercediendo san Cosme y san Damián, se salvaron.

Fue condenado un abogado porque tenía todos los derechos con corcovas, cuando, descubierto un hombre que estaba detrás deste a gatas, porque no le viesen, y preguntado quién era, dijo que cómico; pero un diablo, muy enfadado, replicó:

—¡Farandulero!; y pudiera haber ahorrado aquesta venida, sabiendo lo que hay.

Juró de irse y fuese al infierno sobre su palabra.

En esto dieron con muchos taberneros en el puesto y fueron acusados de que habían muerto mucha cantidad de sed a traición vendiendo agua por vino. Estos venían confiados en que habían dado a un hospital siempre vino puro para las misas, pero no les valió, ni a los sastres decir que habían vestido niños Jesuses. Y ansí, todos fueron despachados como siempre se esperaba.

Llegaron tres o cuatro ginoveses ricos pidiendo asientos, y dijo un diablo:

—¿Piensan ganar ellos? Pues esto es lo que les mata. Esta vez han dado mala cuenta y no hay donde se asienten, porque han quebrado el banco de su crédito.

Y volviéndose a Dios, dijo un diablo:

—Todos los demás hombres, Señor, dan cuenta de lo que es suyo, mas estos de lo ajeno y todo.

Pronuncióse la sentencia contra ellos; yo no la oí bien, pero ellos desaparecieron.

Vino un caballero tan derecho que, al parecer, quería competir con la misma justicia que le aguardaba. Hizo muchas reverencias a todos y con la mano una ceremonia usada de los que beben en charco. Traía un cuello tan grande que no se le echaba de ver si tenía cabeza. Preguntóle un portero, de parte de Dios, si era hombre, y él respondió con grandes cortesías que sí, y que por más señas se llamaba don Fulano, a fe de caballero. Rióse un diablo y dijo:

—De cudicia es el mancebo para el infierno.

Preguntáronle qué pretendía, y respondió:

—Ser salvado —y fue remitido a los diablos para que le moliesen, y él solo reparó en que le ajarían el cuello.

Entró tras él un hombre dando voces, diciendo:

—Aunque las doy no tengo mal pleito, que a cuantos santos hay en el cielo, o a los más, he sacudido el polvo.

Todos esperaban ver un Diocleciano o Nerón, por lo de sacudir el polvo, y vino a ser un sacristán que azotaba los retablos. Y se había ya con esto puesto en salvo, sino que dijo un diablo que se bebía el aceite de las lámparas y echaba la culpa a una lechuza, por lo cual habían muerto sin ella; que pellizcaba de los ornamentos para vestirse; que heredaba en vida las vinajeras y que tomaba alforjas a los oficios. No sé qué descargo se dio, que le enseñaron el camino de la mano izquierda, dando lugar unas damas alcorzadas que comenzaron a hacer melindres de las malas figuras de los demonios. Dijo un ángel a Nuestra Señora que habían sido devotas de su nombre aquellas, que las amparase, y replicó un diablo que también fueron enemigas de su castidad.

—Sí por cierto —dijo una que había sido adúltera. Y el demonio la acusó que había tenido un marido en ocho cuerpos, que se había casado de por junto en uno para mil. Condenóse esta sola, y iba diciendo:

—¡Ojalá supiera que me había de condenar, que no hubiera oído misa los días de fiesta!

En esto, que era todo acabado, quedaron descubiertos Judas, Mahoma y Martín Lutero, y preguntando un ministro cuál de los tres era Judas, Lutero y Mahoma dijeron cada uno que él, y corrióse Judas tanto, que dijo en altas voces:

—Señor, yo soy Judas; y bien conocéis vos que soy mucho mejor que estos, porque si os vendí remedié al mundo, y estos, vendiéndose a sí y a vos, lo han destruido todo.

Fueron mandados quitar delante. Y un ángel que tenía la copia halló que faltaban por juzgar alguaciles y corchetes. Llamáronlos y fue de ver que asomaron al puesto muy tristes y dijeron:

—Aquí lo damos por condenado; no es menester nada.

No bien lo dijeron cuando, cargado de astrolabios y globos, entró un astrólogo dando voces y diciendo que se habían engañado, que no había de ser aquel día el del Juicio, porque Saturno no había acabado sus movimientos ni el de trepidación el suyo. Volvióse un diablo y viéndole tan cargado de madera y papel, le dijo:

—Ya os traéis la leña con vos como si supiérades que de cuantos cielos habéis tratado en vida, estáis de manera que por la falta de uno solo en muerte, os iréis al infierno.

—Eso no iré yo —dijo él.

—Pues llevaros han —y así se hizo.

Con esto se acabó la residencia y tribunal; huyeron las sombras a su lugar, quedó el aire con nuevo aliento, floreció la tierra, rióse el cielo. Y Cristo subió consigo a descansar en sí los dichosos por su Pasión, y yo me quedé en el valle, y discurriendo por él oí mucho ruido y quejas en la tierra. Lleguéme por ver lo que había y vi en una cueva honda (garganta del infierno) penar muchos, y entre otros un letrado revolviendo no tanto leyes como caldos; un escribano comiendo solo letras que no había querido solo leer en esta vida; todos ajuares del infierno, las ropas y tocados de los condenados, estaban prendidos, en vez de clavos y alfileres, con alguaciles; un avariento contando más duelos que dineros; un médico penando en un orinal y un boticario en una melecina. Diome tanta risa ver esto que me despertaron las carcajadas, y fue mucho quedar de tan triste sueño más alegre que espantado.

Sueños son estos que si se duerme V. Excelencia sobre ellos, verá que por ver las cosas como las veo las esperará como las digo.

Fin del Juicio final

Libros a la carta

A la carta es un servicio especializado para
empresas,
librerías,
bibliotecas,
editoriales
y centros de enseñanza;
y permite confeccionar libros que, por su formato y concepción, sirven a los propósitos más específicos de estas instituciones.

Las empresas nos encargan ediciones personalizadas para marketing editorial o para regalos institucionales. Y los interesados solicitan, a título personal, ediciones antiguas, o no disponibles en el mercado; y las acompañan con notas y comentarios críticos.

Las ediciones tienen como apoyo un libro de estilo con todo tipo de referencias sobre los criterios de tratamiento tipográfico aplicados a nuestros libros que puede ser consultado en Linkgua-ediciones.com.

Linkgua edita por encargo diferentes versiones de una misma obra con distintos tratamientos ortotipográficos (actualizaciones de carácter divulgativo de un clásico, o versiones estrictamente fieles a la edición original de referencia).

Este servicio de ediciones a la carta le permitirá, si usted se dedica a la enseñanza, tener una forma de hacer pública su interpretación de un texto y, sobre una versión digitalizada «base», usted podrá introducir interpretaciones del texto fuente. Es un tópico que los profesores denuncien en clase los desmanes de una edición, o vayan comentando errores de interpretación de un texto y esta es una solución útil a esa necesidad del mundo académico.

Asimismo publicamos de manera sistemática, en un mismo catálogo, tesis doctorales y actas de congresos académicos, que son distribuidas a través de nuestra Web.

El servicio de «libros a la carta» funciona de dos formas.

1. Tenemos un fondo de libros digitalizados que usted puede personalizar en tiradas de al menos cinco ejemplares. Estas personalizaciones pueden ser de todo tipo: añadir notas de clase para uso de un grupo de estudiantes, introducir logos corporativos para uso con fines de marketing empresarial, etc. etc.

2. Buscamos libros descatalogados de otras editoriales y los reeditamos en tiradas cortas a petición de un cliente.

www.ingramcontent.com/pod-product-compliance
Lightning Source LLC
Chambersburg PA
CBHW020613130626
46552CB00007B/3186